LA CUEVA DE SALAMANCA

Juan Ruiz de Alarcón

Copyright del texto © 2023 Culturea ediciones
Sitio web : http://culturea.fr
Impresión: BOD - Books on Demand (Norderstedt, Alemania)
Correo electrónico : infos@culturea.fr
ISBN :9791041810123
Depósito legal : abril 2023
Queda prohibido reproducir parte alguna de esta publicación,
en cualquier forma material, sin el premiso por escrito
de los dos titulares del copyright.

FIGVRAS DE LA COMEDIA

Don Diego, estudiante galan.
Don Iuan, galan.
Don Garcia, estudiante galan.
El Marques de Villena, galan.
Enrico viejo graue, estudiante.
Vn Teniente.
Chinchilla, corchete.
Alonso, ganapan.
Zamudio, estudiante gracioso.
Don Pedro, viejo graue.
Andres, criado de Enrico.
Doña Clara, dama.
Lucia, criada.
Ynes, que habla dentro.

ACTO PRIMERO

Salen don Diego, de estudiante, y don Iuan, de noche.

D.   Don Iuan, yo os prometo a Dios,
    que me teneis enfadado,
    que despues que sois casado
    no se puede andar con vos.
    Si ver mugeres ordeno,
    ninguna tiene buen talle,
    si andar denoche en la calle,
    os haze mal el sereno.
    Si al rio quiero salir,
    la humedad es mal segura:
    si traço vna trauesura,
    mirais a lo por venir.
    Si colerico me veis,
    entra luego el predicar,
    y al fin, si riño, en lugar
    de ayudarme, me teneis.
    Pese a tal, don Iuan, con vos,
    hazed tal vez lo que quiero,
    o buscad vn compañero
    hermano de Iuan de Dios.
I.   Ello està muy bien reñido,
    mas poca razon teneis,
    pues, cuando soltero, veis
    que nadie mas loco ha sido.
    Que trauessura intentastes,
    en que yo quedasse atras?
    en que pendencia jamas
    a esse lado no me hallastes?
    Que calle no passeè?
    que noche fria dormi?
    que muger con vos no vi?
    o que espaldas no os guardè?
    Mas ya no es tiempo de andar,

don Diego, sin mucho tiento,
que es vn yugo el casamiento,
que al mas brauo haze amansar.
Esto por vos no ha passado,
y medis, sin diferencia,
de vn soltero la licencia,
y obligacion de vn casado.
Die. Pues si estais tan conuertido,
no salgais denoche vn punto.
I. No se oluida todo junto:
el ser moço no he perdido.
D. Pues por vida de los dos,
que al gusto esta noche demos.
I. Por vos he de hazer estremos,
basta al fin quererlo vos.
D. Quien es este? *I.* Don Garcia.
D. No tengo vista. *I.* Esso es bueno:
quien no la pierde al sereno?
D. Predicaisme toda via?
Don Garcia. *G.* Quien và allà?

Sale don Garcia denoche.

D. Amigo. *G.* Don Diego hermano,
que hazeis? *D.* Passear en vano,
que donde don Iuan està
no ay tratar de trauessura.
G. En santulon aueis dado?
I. Don Diego ha dado en pesado,
y la paciencia me apura.
Dezidme, si puedo hazer
mas, que prometer seguiros?
D. Que lagrimas, que suspiros
os costò esse prometer?
G. Como, alegrarnos tracemos,
o voyme. *I.* No os vais, Garcia,
que yo en todo, y hasta el dia
quiero seguiros. *G.* Que haremos?
D. Vamos a ver a Iuanilla.

I.   A Iuanilla? hermosa pieça,
mal està con su cabeça
quien busca vna tarauilla.

D.   Tan presto, don Iuan, quebrais
la palabra que aueis dado?

I.   Digo, que errè, y que callado
irè donde vos querais.

D.   Mariquilla la bocona,
no direis, que es bachìllera.

I.   No es mala, sino pidiera:
mas viue la socarrona
vieja? *D.* Que vieja? *I.* La madre.

D.   Si. *I.* Pues yo no he de ir allà.

D.   No digo yo! no hallarà
vna almena que le quadre.

I.   Dezildo vos, don Garcia,
que a vuestro voto me ajusto.

G.   Si he de declarar mi gusto,
gastar la noche querria
En cosa de mas cuidado.

D.   Declaralda, que aqui estamos.

G.   De que a la justicia hagamos
vna burla, estoy tentado.

I.   Guarda. *D.* Hagamos. *I.* Esso no.

D.   Dos le hemos de hazer, por Dios.

I.   Digo, que se le hagan dos,
mas no -he de ayudaros yo.

D.   Necio estais. *I.* Y vos sin sesso:
para que es bueno arresgarnos
quando podemos holgarnos,
sin temer vn mal sucesso?

G.   En la burla que imagino
ningun peligro ha de auer.

I.   Dezid, que tal puede ser,
que siga vuestro camino?

G.   Ella al fin ha de ser tal,
que el Alguazil, y su gente

queden sin muela, ni diente,
y se hagan ellos el mal.
D.   Buena, por Dios. *G.* Vn cordel
es menester. *D.* Que tan largo?
G.   De seis braças. *D.* Del me encargo,
a esta tienda voy por el.

Vase.

I.   Ho, para estas trauessuras
que diligente es don Diego.
G.   Moje el agua, queme el fuego,
y haga el mancebo locuras,
Y mas quando se grangea,
hazer que pague quien deue.
I.   Si, mas si encima nos llueue?
G.   No viua quien tal desea.

Sale don Diego con vn cordel.

D.   El cordel teneis aqui.
I.   Presto venis. *D.* Que quereis?
a caso a mal me tendreis,
boluer presto, ya que fui:
Que ha de hazerse? *G.* Atreuesar
vna calle. *D.* Ya os entiendo,
y luego vn fingido estruendo
de cuchilladas formar.
La justicia oye el ruido,
viene corriendo, y a Dios,
boca, y narizes. *G.* Y vos
en la traça aueis caido.
D.   Pues a mi cargo la tomo,
que de mil que agudos veo
tengo increible deseo
de ver vn Alguazil romo.
I.   Temo, que le hemos de hazer
narizes nueuas de plata.
D.   A aquel que mas se recata,
mas mal suele suceder.
G.   En esta calle imagino,

que es mas cierta la justicia.
I.   No carece de malicia,
        esse pensar adiuino.
G.   Porque? *I.* Porque dà a entender,
        que declara el rostro, y talle
        trae rondantes a esta calle.

A parte.
D.   Con que el sesso he de perder.
G.   Dos clauos quiero buscar.
D.   Al engañoso artificio,
        esta puerta no dà el quicio,
        y esta esquina este pilar?

Atan el cordel atrauesando el vestuario, y dize don Garcia. A parte.
Gar.   Quien pusiera, hermosa Clara,
        como pongo este cordel,
        vn muro, porque con el
        nadie tu calle passàra.
Die.   Repartidos nos pongamos,
        y el que viere a la justicia,
        a los otros dè noticia,
        para que el ruido hagamos.

Repartense por el teatro, sale Zamudio corriendo vn tostador, y cae en el teatro, Alonso ganapan corre tras el, y cae, y abraçase con el y don Iuan llega dando de cintaraços a Alonso, el saca la espada, y se retira.
Gar.   Yo me quedo en esta puerta,
        id a aquella esquina vos.
Die.   Yo me voy a essotra: a Dios,
        y todo Christiano alerta.
Za.   Esta os deuo. *Yn.* Alonso, acude
        al ladron. *Al.* Sossiega, Ynes,
        que no se me irà por pies.
Die.   Rabias? *Za.* Tal santo te ayude.
Al.   Iesus. *Die.* Otro nadador
        por tierra. *Gar.* No caigas, cuero.
Al.   Ya no puedo, majadero,
        pagareisme el tostador,
        O viue Christo, ladron,

que os mate. *Za.* Aqui del estudio.

Die. Esta voz es de Zamudio,
suelta, aparta, picaron.

Al. Aqui de Dios, que me matan.

Vase.

Die. Sacas la espada, y das vozes?
perro, mataréte a cozes.

Vase.

Iu. Las tres furias se desatan
Quando se enoja don Diego.

Gar. La que viene es la justicia.

Iu. Aqui es Troya

Chinchilla cae, y luego saca la espada, y entrase tras don Diego.

Ch. Ay tal malicia?
del vil oficio reniego,
Que me he roto vna rodilla,
tenganse al señor Teniente.

El Teniente tropieça.

Ten. Iesus.

Dentro.

Di. Picaro, detente.

Te. Echales mano, Chinchilla,
Pagaránme esta insolencia.

Ch. Denme las armas. *Di.* Corchete
apartate, o matarète.

Ch. Resistencia. *Te.* Resistencia.
Aqui del Rey.

Vase.

Sacan las espadas.

Gar. A ayudar
vamos, don Iuan, a don Diego.

Vase.

Iu. De tales burlas reniego.

Vase.

Busca piedras.

Za. Que no aya podido hallar,
Ya que espada no traia,

vna piedra por aqui,
que blandura! pese a mi,
de ahito? a fè que no es mia.

Vase.

Sale Enrico, viejo graue, con sotana, y ropa de leuantar y bonete, y tinta, y pluma, y papel, Andres su criado, en cuerpo con vn candil, pone vn bufete en medio del teatro, y el candil encima.

An.   No es hora ya de dormir?
          mira que las doze: son.

En.   Primero, Andres, la licion
          de mañana he de escriuir.
          Dame assiento.

Sientase a escriuir.

An.   Hazes agrauio
          a tu edad, y a tu saber.

En.   Siempre queda que aprender,
          no ay hombre del todo sabio.

An.   Quando saldras de pobreza
          con trabajo semejante?

En.   Quando salga de ignorante,
          que el saber es gran riqueza.
          No es el fin, Andres amigo,
          del estudio, enriquezer,
          fin del estudio es saber,
          si esso alcanço, lo consigo.
          El que riquezas procura,
          con la fortuna las ha,
          cuyo buen efeto està,
          no en saber, sino en ventura.
          Rico, eminente en saber
          pocas vezes lo veràs,
          saber pobre quiero mas,
          que ignorante enriquezer.
          Si ya en vn valle templado,
          de verde pasto abundoso,
          viste el cauallo vicioso,
          rico en su bestial estado.

Tuuistele inuidia? no:
trocaràs con el tus bienes?
no, que en la razon que tienes
el cielo te mejorò.
Quando vn mayorazgo vés
destos que se vsan agora,
y que mas que tiene ignora,
no te dà lastima, Andres?

Salen don Diego con la espada desnuda y Zamudio.

Die.   Si a caso teneis por donde
         a la otra calle salgamos
         los dos, a quien la justicia
         viene siguiendo los passos,
         Si teneis donde escondernos,
         sed nuestro asilo y sagrado,
         ya que por dicha esta puerta
         a tal hora abierta hallamos.
         La trauiessa mocedad
         es autora destos casos,
         perdonadlos, como cuerdo,
         y amparadnos como honrado.
         Don Diego soy de Guzman
         y Zuñiga, justo amparo
         dad a vn noble, si lo sois,
         pero ya siento los passos.

Za.   Pongamonos en defensa
         de la puerta:

Ponese a escriuir Enrico.

En.   Sossegaos:
         don Diego, cobrad aliento,
         que de libraros me encargo.

Za.   Si vn momento os deteneis,
         tarde querreis ayudarnos.

An.   No os aflijais; que si quiere,
         sabe el viejo hazer milagros.

Cae de lo alto vna nube como manga a raiz del vestuario, coge dentro a don Diego y el se mete en el vestuario y torna a subir la nube.

Za.   Que es esto! valgame Dios,
           que prodigio! el viejo es santo:
           mas, señor, triste de mi,
           de Zamudio no hazes caso?
           Assi te vas y me dexas
           en poder de tus contrarios?
           no importa que a mi me prendan:
           quiebre por lo mas delgado.
           Viejo santo, santo padre,
           yo me pongo en vuestras manos.
En.   No temas.
*Metese debaxo del bufete, la sobremesa besa el suelo: quitan vn escotillon del
teatro, y hundese Zamudio, y tornan a poner el escotillon, entra el Teniente
y Chinchilla, y gente con hachas encendidas.*
Za.   Deste bufete
           me amparo. *An.* Estarà debaxo
           de vn bufete otro bufete.
Za.   Bufetes ay muy honrados.
Te   Guarden algunos la puerta,
           los demas vayan cercando
           esta calle alrededor,
           que se iran por los texados.
           Sois el dueño desta casa?
En.   Yo soy, a vuestro mandado.
Te.   Y este moço? *En.* Es mi siruiente.
Te   Que es de vnos hombres que entraron
           agora aqui? *En.* Hombres aqui?
           corta es la casa, buscaldos.
Te.   No ay mas aposentos? *En.* No.
           En aqueste solo passo
           con tanta anchura la vida,
           como el Rey en sus palacios.
Te.   Tiene ventana? *En.* Ninguna:
           por la puerta el Sol sus rayos
           le dà. *Te.* Luego no han podido,
           si es que en esta casa entraron,
           salir, sino por la puerta?

Ch. Yo los vi entrar no me engaño,
  y hasta agora no han salido.
En. Mucho estudio, y muchos años
  me han acortado la vista,
  de modo, que auran entrado
  sin verlos yo. *Te.* En viuo fuego,
  de ira, y de enojo me abraso.
  Quatro desnudas paredes
  en vn tan pequeño espacio
  nos los pueden esconder9
Ch. Señor, concluye este caso.
  Suelo, paredes, y techo
  de abaxo arriba boluamos.
Te. Metidos en las paredes
  no han de estar, y si debaxo
  deste bufete no estan,
  no ay aqui donde buscarlos.
  Alçad essa sobremesa
  con las armas en las manos.

Leuanta la sobremesa, y luego dexala caer, y tornase a poner Zamudio debaxo del bufete.

Ch. Tenganse al señor Teniente:
  mas no ay aqui nadie. *En.* En vano
  es, por Dios, vuestra porfia.
  Toda la casa es vn palmo,
  sin alazena, tabique,
  boueda, cueba, o sobrado:
  no ay colgaduras, que puedan
  encubrir portillos falsos.
  Derribad, romped, partid,
  si a persuadiros no valgo,
  que este testigo que dize,
  que los vio entrar se ha engañado.
  Como esta casa haze: esquina
  a essotra calle, doblaron,
  y la obscuridad disculpa
  de sus ojos el engaño.

Te.   Esta es la verdad, sin duda:
       por ti se me han escapado,
       Chinchilla, los delinquentes.
Ch.   Por Dios, que parece encanto.
Te.   Vamos, que no he de acostarme
       hasta que los prenda.
Ch.   Vamos.
Vase la justicia.
       Sale de debaxo del bufete, y don Diego
       del vestuario.
Za.   Que se quema, so Teniente.
Die.   Dadme los pies soberanos,
       restaurador destas vidas.
En.   Señor, con vuestro criado
       aueis de hazer tal excesso?
Sale don Iuan con la espada desnuda.
Iu.   Don Diego. D. Don Iuan hermano,
       donde estuuistes? Iu. Seguro
       de nuestros mismos contrarios,
       escondido entre ellos mismos,
       aguardè el fin deste caso,
       Pero vos como escapastes?
Die.   Por vn patente milagro
       del varon que veis, diuino:
Iu.   Razon es, que conozcamos
       a quien tanto con Dios puede.
Die.   Dezid quien sois, varon santo.
En.   No soy, sino pecador:
       mas si algun plazer os hago,
       en dezir quien soy, sabreislo,
       si ois vn pequeño rato.
       En letras, y armas la nacion famosa,
         Francesa, me dio ser, padres honrados,
         sino de sangre tuue generosa,
         que no jacto valor de mis passados:
         propia virtud es calidad gloriosa,
         paternas armas, timbres heredados,

armas son ciertas de su Autor primero,
    vana opinion las passa al heredero.
En la niñez las Artes liberales
    me dieron en Paris honrosa fama,
    mas en la edad, Autora de los males,
    que en el rostro el sutil bello derrama:
    fueron mis trauessuras desiguales,
    nacidas del amor de cierta dama,
    causa de mi inquietud hasta obligarme,
    de Francia, mis delitos a ausentarme,
Fuime de mar en mar, de tierra en tierra,
    varias costumbres vi, varias naciones,
    viuiendo ya en la paz, y ya en la guerra,
    segun el tiempo hallè, y las ocasiones:
    mas aunque mi locura me destierra,
    lleuè conmigo mis inclinaciones,
    que en qualquiera region, qualquiera estado
    aprender siempre mas, fue mi cuidado.
Al fin topé en Italia vn eminente
    en las ciencias varon, Merlin llamado,
    procurè su amistad, y cautamente
    a la estrecha lleguè de grado en grado:
    el, que mi inclinacion y intento siente,
    a mis letras, y ingenio aficionado,
    conmigo liberal, del alma rica,
    los mas altos tesoros comunica.
Aprendi la sutil Quiromancia,
    profeta por las lineas de las manos,
    la incierta judiciaria Astrologia,
    emula de secretos soberanos:
    y con gusto mayor, Nigromancia,
    la que en virtud de caractéres vanos
    a la naturaleza el poder quita,
    y engaña, almenos, quando no la imita.
Con esta a los furiosos quatro vientos
    puedo imponer los montes cabernoso
    arrancar de sus vltimos assientos

y sossegar los mares procelosos:
poner en guerra, y paz los elementos,
formar nubes, y rayos espantosos,
profundos valles, y encumbrados montes,
esconder, y alumbrar los Orizontes.
Con esta se de todas las criaturas
mudar en otra forma la apariencia,
con esta aqui ocultè vuestras figuras,
no obrò la santidad, obrò la ciencia
esta os ofrezco, con entrañas puras
a qualquier peligrosa contingencia,
ageno de interes, que bien me sobra
el que saco de hazer la buena obra.
En este, pues, que veis, alvergue chico,
donde vine a parar, por la noticia
desta Vniuersidad, passo tan rico,
quan libre de ambicion, y de codicia:
aqui mi ciencia a todos comunico,
que no, de lo que sé, tengo auarìcia;
esto es, y vale. Enrico, solo queda
saber, si ay mas en que seruiros pueda.

Die.   O prodigioso varon.
consuelo y amparo nuestro,
dichoso el caso siniestro,
que nos ha dado ocasion
de gozar de tal maestro.
Mas podeis os acostar,
Enrico, que el trasnochar
a vuestra edad no conuiene.

En.   Vn colchon, y vn xergon tiene
mi cama, esso os puedo dar.

Die.   Dormid en el, que os harà,
pues sin pena estais, prouecho:
porque a quien con tanta està
como nosotros, serà
campo de batalla el lecho.

Iu.   Dormid, padre, que interes

de los tres guardaros es
el sueño mientras durmais,
pues que despierto guardais
vos las vidas de los tres.
Die. Dormid sin cuidado, o pena,
que gente somos segura.
Za. Y de presuncion tan buena,
que si a robar se auentura,
ha de ser alguna Elena.
En. No tampoco el tiempo ha sido,
que en Salamanca he viuido,
gran don Diego de Guzman,
que no aya a vos, y a don Iuan
de Mendoça conocido:
Quanto mas que desta casa
es segura guarnicion
el ser la fortuna escasa,
que el pobre sin riesgo passa
por delante del ladron,
Y assi hallastes a horas tales
de par en par mis vmbrales:
y porque por puntos salgo
a la calle a obseruar algo
de los cursos celestiales.
Die. Ydos, que es tarde, a acostar.
En. Pesame de no poder
a los tres acomodar.
Die. De lo que auemos de hazer
nos es forçoso tratar.
En. Desnudame, Andres.
Vase.
An. Patron,
hasta la matina.
Vase.
Za. Es hora
de dormir, que las tres son?
Iu. Estamos buenos agora,

don Diego? *Die.* Pues que? ay sermon?

Iu.   No ha de auer, quando por vos
           hemos venido los dos
           a vn estado tan estrecho?

Die.   Lo hecho, don Iuan, ya es hecho,
           y bien hecho, viue Dios.
           Como soltero reñistes,
           no temais como casado.

Iu.   En la ocasion me pusistes,
           y en ella deue vn honrado
           hazer como hazer me vistes,
           No hallàrse en ella es ventura,
           quitarse della, cordura,
           y salir bien della, honor.

Die.   Ha Dios, y que a mi sabor
           he hecho esta trauessura!
           De Alguaziles, y escriuanos,
           a quien tanto aborrecia,
           vengado estoy con mis manos.

Za.   Tu les has dado vn buen dia
           al Cura, y los Cirujanos.

Die.   Lindamente le pegué
           al bueno del escriuano:
           como tan cerca lo hallé
           a este lado, derribe,
           Vn reuès. *Za.* Deten la mano,
           Que la tienes muy pesada:
           mas porque no dexas nada
           a los demas, de la gloria?
           que este braço la vitoria
           te dio con vna pedrada.

Iu.   Buenos estais; burla ha sido
           lo que nos ha sucedido.

Die.   El tratar de la vitoria,
           y el celebrarla, la gloria
           aumenta de auer vencido.

Iu.   Que tratemos, serà bien,

de lo importante primero.
Die. Bien dezis. *Iu.* La voz deten,
que siento passos. *Za.* Aun bien,
que esta cerca el milagrero.
Iu. Passo adelante quien era.
Die. De buena gana riñera
con quien passò, viue Dios
que ya he descansado y vos,
don Iuan? *Iu.* Que tengais, quisiera,
Iuizio, por vida mia,
y ver lo que hemos de hazer.
Die. Podemos desde este dia
aprender Nigromancia,
y escondidos aqui, ver
El sucesso deste cuento,
pues que con su encantamento
Enrico nos assegura
de ser presos. *Iu.* Es cordura,
pues que ya en este aposento
No han de boluer a buscarnos.
Die. Y este Frances puede darnos,
Y nosotros aprender
hechizos, para poder,
mudando formas, andarnos
Por la ciudad. *Iu.* Bien està.
otro capitulo và,
que en mi libro es el primero.
Za. Y el sueño a saber espero:
a quantas fojas està?
Die. Ha, quien te pudiera ver?
qual estaras, Clara mia.
si esto has llegado a saber?
Iu. Qual. estara mi muger!
Za. Qual estarà mi Lucia!
Die. Mas quien de vosotros vio
a don Garcia? *Iu.* Yo no.
Za. Yo lo vi de tres cercado,

	hecho vn Marte de enojado,

        hecho vn Marte de enojado,
        mas no supe en que parò.

Die.   Yo me duermo. *Iu.* Yo no velo.

Die.   Donde falta el lecho blando,
        a la juuentud apelo.

Za.   Tendido en el duro suelo,
        y el alma a Dios cuenta dando.

Vanse.

Salen don Pedro, doña Clara, y Lucia.

Pe.   Hija yo voy a saber
        este alboroto.

Vase.

Cl.   Ven presto,
        padre, que estàs indispuesto,
        y temprano has de comer.

Lu.   Todo el mundo està rebuelto,
        herido el Corregidor,
        muerto el Alguazil mayor,
        el demonio anduuo suelto.
        Abrieron tanta cabeça
        a Romero el escriuano,
        derribaron vrìa mano
        a Chispa, aquel buena pieça,
        Que me prendio el otro dia:
        bien aya quien le pegò
        que de vn ladron me vengò:
        està preso don Garcia,
        Y yo sè, que en la prision
        dà mas suspiros por ti,
        que por verse preso a si.

Cl.   Que impertinente aficion?
        Pesame, que es camarada
        de don Diego. *L.* Tu don Diego
        fue, quien causò todo el fuego.

Cl.   Que dizes? ay desdichada.
        Don Diego? *L.* Como lo digo,
        en la plaça lo oì contar,

la justicia anda a buscar
a el, y a don Iuan -su amigo.
Dizen, que el Corregidor,
por verse mas bien vengado,
a la Corte ha despachado
a pedir pesquissidor.
Cl. En que pudieron parar,
don Diego, tus trauessuras?
pero no, mis desventuras
esto deuen de causar.

Sale Andres con vn papel.

A parte.

A. Ella, por las señas, es:
oye, señora donzella?
L. Quien es? que quiere? *A.* No es ella
la sora Lucia? *L.* Y pues?
que la quiere el Sacristan?
A. La que veo es doña Clara?
L. Que, que sea? *A.* Linda cara:
de don Diego de Guzman
Traigo vn papel. *L.* Llegad luego,
pues venis a tan buen hora,
que esta sola mi señora.

Dà el papel a Clara.

A. Este te embia don Diego
de Guzman. *Cl.* Porte recibe:
donde queda? *A.* Ai lo veràs,
que yo no soy para mas.

Lee en secreto Clara.

Cl. Lleuaràs respuesta? *A.* Escriue,
Si quieres, y a ti, Lucia,
traigo vn recado tambìen.
L. Mas que es de Zamudio. A. Bien:
estos abraços te embia:
Llega, tomalos. que a fé,
que quando a mi me los dio
me holgué mucho menos yo,

que en dartelos me holgaré.
L.   Hallòse en la resistencia?
      salio herido? *A.* Bueno es esso:
      no tiene tan poco sesso,
      bien sale de vna pendencia.
Cl.   Id, mancebo, en hora buena,
      que aqui no teneis que hazer.
A.   No escriues? *Cl.* No es menester.
A.   Tened, dolor de mi pena,
      Lucia, que por vos muero.
L.   Dad a Zamudio vn recado.
A.   Desdeñoso? *L.* Enamorado.
A.   Buscad otro mensagero.
Vase.
L.   Que te escriue? Ci. La locura
      mayor, que en mi vida vi,
      de ser preso, dize aqui,
      que escapò por gran ventura:
      Pero que verme desea,
      y que esta noche vendra,
      y avré de ir antes allà.
      porque sin riesgo me vea,
      Que es publico en el lugar,
      que amor tiene en esta calle,
      y en ella es cierto espialle.
L.   Sabes donde lo has de hallar?
Cl.   En este las señas leo
      de la casa donde està.
L.   Y tu padre? *Cl.* Amor darà
      la industria, pues dà el deseo.
Vanse.
Salen el Marques, de camino, y don Diego, y don Iuan.
D.   Possible es, que ayais venido,
      ilustre luz de Giron,
      a darla a vn pobre rincon,
      a la del Sol escondido?
      Es possible, que vn Marques

de Villena se ha dignado
de passar del rico estrado
a tanta humildad los pies?
M. Si tal me dezis, de vos
serà forçoso agrauiarme,
que bien puedo entrar, y honrarme
en casa en que estais los dos.
Que si tan ilustres pechos
encontrar aqui pensara,
sin otra ocasion trocara
por este los altos techos.
Mas dexando estas porfias,
si bien hijas de verdad,
porque son de la amistad
agenas las cortesias:
Dezir quiero la ocasion,
pues me la aueis preguntado,
porque esta casa he buscado.
D. Dezid, pues. *M.* Dadme atencion.
En esta Vniuersidad,
donde la sabia Minerua
oy tiene el sagrado culto,
de que està zelosa Atenas
Desde la puericia docil
a la ardiente adolecencia,
hize de mi sacrificio
a la Diosa de las letras.
Era en mi casa el segundo,
y aunque amante de las ciencias,
mucho mas me prouocaua
la milicia, que la Iglesia.
Partime a Italia, ambicioso
de las glorias de la guerra,
y al monstro en ciencias Merlin,
por mi dicha, encontre en ella:
Aquel, que segun publican,
o verdades, o consejas,

lo concibio de vn demonio
vna engañada donzella,
Que esto puede hazer vn Angel,
si a vaso femineo lleua
el semen viril, que pierden
los que con Venus se sueñan.
Mas sigan esta question
los que siguen las escuelas,
que a mi no me toca aora
prouar sus naturalezas.
Merlin, el hijo del diablo,
su apellido comunera:
yo he pensado, que por ser
mas que humano a todas ciencias,
Yo soldado, aun no oluidado
de mi inclinacion primera,
con dadiuas, y con ruegos
gané en su pecho las puertas.
Enseñòme los efetos,
y cursos de las estrellas,
que el entendimiento humano
hasta los cielos penetra.
Las chiromanticas lineas,
con que en la mano a qualquìera
de su vida los sucessos
escriue naturaleza.
Supe la fisonomia,
muda, que habla por señas,
pues por las del rostro dize
la inclinacion mas secreta.
Sutiles eutropelias,
con que las manos se adiestran,
y a la vista mas aguda
engaña su ligereza.
De numeros, y medidas
las demonstraciones ciertas
por Matematica supe,

y supe por Arismetica.
Estudiè en Cosmografia
el sitio, la diferencia,
longitud, y latitud
de los mares, y las tierras.
Y por remate de todo
la Arte Magica me enseña,
de cuyo efeto las causas
no alcança la humana ciencia,
Pues con caracteres vemos,
y con palabras ligeras,
obra prodigios, que admira
la misma naturaleza.
En esto de que murio
mi hermano mayor, las nueuas
fueron causa, que de Italia
diesse a Castilla la buelta.
Fuime a viuir a la Corte,
que parecen bien en ella
las cabegas de las casas
a acompañar su cabeça.
La parlera fama alli
ha dicho, que ay vna cueua
encantada en Salamanca,
que mil prodigios encierra.
Que vna cabeça de bronze,
sobre vna Catedra puesta,
la Magica sobre humana
en humana voz enseña.
Que entran algunos a oirla,
pero que de siete que entran,
los seis bueluen a salir,
y el vno dentro se queda.
Yo, desta ciencia curioso,
incitado destas nueuas,
supe de la cueua el sitio,
y partime solo a verla.

La cueua està en esta casa,
sino mintieron las señas;
pero, que verdad dixeron
muestra el hallaros en ella.
Porque sino es por encanto,
impossible es, que cupieran
dos hombres, que son tan grandes,
en casa que es tan pequeña.
D.	Gran don Enrique, jamas
para hazaña tan honesta
a Principe destos tiempos
vi calgarse las espuelas,
Trocar las fiestas, y gustos
al trabajo de las letras,
y el encanto cortesano
por vna encantada cueua.
Acción de Principe heroico,
accion en efeto vuestra,
que sois quien del gran Maestre
el valor, y sangre hereda.
M.	Para quien viene a saber,
larga digression es essa.
D.	Oid de la cueua, Enrique,
la relacion verdadera.
Retorica la fama, de figura
alegorica vsando, significa
la verdad de la cueua en la pintura.
Esta que veis obscura casa chica,
cueua llamò, porque su luz el cielo
por la puerta no mas le comunica.
Y porque vna pared el mismo suelo
le haze a las espaldas con la cuesta,
que a la Iglesia mayor leuanta el buelo
Y la cabeça de metal, que puesta,
en la Catedra dà en lenguaje nuestro
a la duda mayor, clara respuesta.
Es Enrico, vn Frances, que el nombre vuestro

el mismo de vagar, los mismos casos,
    y el que tuuistes vos, tuuo maestro.
De Merlin, como vos, siguio los passos,
    y al fin prodigo aqui de su riqueza,
    de Magia informa juueniles vasos
Y porque excede a la naturaleza
    fragil del hombre su saber inmenso,
    se dize, que es de bronze su cabeça.
De siete que entran, que vno pague el censo,
    los pocos, que de muchos estudiantes,
    la ciencia alcançan declararnos pienso.
La falda ocupan muchos caminantes
    al Apolineo monte, y pocos besan
    las aras en la cumbre relumbrantes.
Enrico està en escuelas, que no cessan
    en casi edad caduca sus intentos
    de seguir el estudio, que professan.
En ellas oye humildes rudimentos
    de las ciencias que ignora, y dà en su casa,
    de las que sabe, claros documentos
En viendolo, vereis, que ha sido escasa
    la fama en metaforicos pregones,
    pues la verdad sus limites traspassa.
Dichosa España, que de dos varones
    goza en vn tiempo tales dos Enricos:
    seran de oy mas, sus celebres blasones.
Mas no conuienen Coronistas chicos
    a grandes cosas, y hechos inmortales,
    dexolo a estilos de caudal mas ricos.
Y porque ya sepais los desiguales
    casos, que a choça tal nos han traido,
    oid en breue suma largos males.
En cierta resistencia auemos sido
    culpados, muertos huuo, y mas de nueue
    acompañò el Corregidor herido.
Tocò a rebato, y la irritada plebe
    en tal numero crece, que al espesso

graniço imita, que del cielo llueue.
Fuerça fue retirarnos, yo confiesso,
    que me faltò el aliento, y ya seria
    resistir, no valor, mas poco sesso.
Con alas gran caterva nos seguia,
    aqui entrè perseguido, y con encanto
    de sus ojos Enrico nos desvia.
Quedamonos aqui, porque entretanto
    con sus Artes el viejo nos defienda,
    que nos dâ libertad el cielo santo.
Mas ay, que allà dexamos vna prenda,
    don Garcia Giron vuestro pariente,
    que al valor de esse pecho se encomienda.
Preso quedò en la lucha, y duramente
    lo tienen en la publica aherrojado,
    sin darle carcel a quien es decente.
Dizese, que a la Corte han embiado
    por vn pesquisidor, yo a que lo impidan
    por la posta a mis deudos vn criado.
Pero los cielos, que jamas oluidan
    vn pecho de desdichas oprimido,
    en vos con el remedio nos combidan
    Pues a tal ocasion os han traido.
Ma.   Don Diego, la explicacion
de la cueua que he buscado
estraño gusto me ha dado,
y puesto en obligacion.
Mas corrido me confiesso,
de ver, que estè don Garcia,
Giron de la sangre mia,
en carcel publica preso.
A vn criado de mi casa
deuiera el Corregidor
hazer diferente honor,
ardiente furia me abrasa.
Rabiando està el alma mia,
amigos, ya por vengar

tan injusto agrauio, y dar
libertad a don Garcia.
Quedaos a Dios. *Die.* A el suplico,
que vida inmortal os dè.
Mar. Luego a veros boluerè.
y a gozar del sabio Enrico. *Vase.*
Die. Que dezis? *Iu.* Que ya no dudo
de tener fin venturoso,
que medio mas poderoso
darnos la suerte no pudo.
A mi esposa es bien que escriua
destas nueuas vn papel.

Vase.
Die. Bien es, que en mal tan cruel
este consuelo reciba.

Salen doña Clara con manto, y Lucia.
Cl. Querido dueño mio.
Die. Bien de mi pensamiento,
que excesso? que milagro? que portento
estoy viendo? es verdad, o desvario?
vn pequeño rincon triste, y sombrio,
cielo ya venturoso,
es del Sol mas hermoso,
que el que, por inuentor del claro dia,
tiranizo la humana idolatria?
Cl. Ay mi bien, que te espantas?
tus excessos me obligan a este excesso.
Die. Ho, feliz, que entre desdichas tantas
mas que amoroso consegui trauiesso.
Cl. Como escriuiste, que esta noche irias
a verme, dueño mio,
temi tus desuenturas, y las mias:
y assi, por cuitar tu desvario,
y mirar por tu vida, me he arrojado
a exceder de la esfera de mi estado.
Que desdichas son estas? que locuras?
tu me tienes amor si amor tuuieras,

tu inclinacion indomita oprimieras,
porque a mis penas duras
no diessen ocasion tus trauessuras.
Die. No te aflijas, mi bien, que pues te veo,
nada queda que espere mi deseo.
Cl. Tu, señor, retraido?
don Diego de Guzman en vna cueua.
tan humilde escondido?
Die. No ya humilde la llames, pues ha sido
Oriente celestial de luz tan nueua.
Cl. En riesgo tan cruel, que determinas?
en trance tan estrecho,
que medios imaginas?
mira si pueden dar en tu prouecho
sangre mis venas, coraçon mi pecho.
Die. Solo tu sentimiento,
señora, es el que siento;
lo demas todo es nada.
Cl. Todo es nada, don Diego?
quando el lugar se abrase en viuo fuego,
quando el Corregidor de vna estocada
vengança pide, ciego?
quando tres escriuanos
del rigor se lamentan de tus manos?
y el Alguazil mayor por vna herida
al cielo da las quexas, y la vida?
Die. Pues que es esso?
Cl. Que es esso? haràs que pierda el sesso.
Die. Ves essa resistencia?
essas heridas vès, vès essas muertes?
vès estas quexas? y contrarios fuertes?
heridas, y alborotos?
Cl. Ya los veo.
Die. Pues mucho mas me aflige mi deseo.
La vida has ofrecido
a remediar mis males.
para estos mas mortales

menos, mi bien, te pido.
Cl.   Que bien las cosas mides!
          menos me pides, y el honor me pides?
          sin la mano querias
          gozar las prendas mias?
Die.   Si a tu bien. dulce dueño, conduxesse,
          que yo tu esposo fuesse,
          yo que mas bien queria?
          mas ay, señora mia,
          si miro en tu belleza
          opuesta la fortuna
          a la naturaleza.
          si es la necessidad mas importuna,
          quanto es mas la hermosura, y la nobleza,
          y yo soy por igual pobre y honrado,
          como sere tu esposo,
          para verme, mi bien mas obligado,
          y menos poderoso?
Cl.   No estas enamorado,
          que el niño Amor no alcança
          tanta razon de estado
          para burlar, ingrato, mi esperança
          hallas tantas razones?
          o que poco te ciegan tus passiones!
Die.   Tu si, que a tu honor miras;
          mientes, si dizes, que de amor suspiras:
          en que deuda me pones,
          si en reciproco trato de Imeneo
          la execucion me vendes del deseo.
          Vete, falsa, y no digas, que me quieres,
          que no es amor amor interessado:
          ya estoy desengañado,
          que solo en lo que aora te he pedido,
          prouar tu amor mi pensamiento ha sido,
          que no verlo, enemiga, executado,
          sin ser esposo tuyo,
          y pues prouè tu falsedad, concluyo,

con que de aqui adelante
ni quiero ser tu esposo, ni tu amante.
Cl.   Quedate, falso, tu, que pues arguyo
tu engaño de tu prueua cautelosa
no quiero ser tu amante, ni tu esposa.

Vanse.

ACTO SEGVNDO

Sale Zamudio Por vna puerta con vnas alforjas, y por otra don Diego en cuerpo con espada, de color.

Za.	Yo sea muy bienvenido.
Die.	Ya te estaua deseando:
	como vienes? *Za.* Vengo andando.
Di.	que has hecho? *Za.* Lo que he podido.
Die.	humor traes. *Za.* Esta alforja
	toda la prouança tiene
	de lo que he hecho, que viene
	de cartas hasta la gorja.
	Y porque quien te escriuio,
	sepas en termino breue,
	ningun Principe te deue
	la carta que recibio.
Die.	Al fin al fin Caualleros.
Za.	Todos los señores vi,
	qualquier cosa harán por ti,
	aunque toques en dineros.
	Cartas de fauor dara
	qualquier dellos a montones,
	que como renunciaciones
	las firman a resmas ya.
	La grandeza, y el valor,
	la cortesia, y nobleza,
	la humanidad, y largueza
	viue en ellos: mas señor,
	Que trage es este? *Die.* El estado
	lo requiere, en que me veo:
	que ay de Madrid? que deseo
	saber lo que te ha passado.
Za.	Alla vi a tu doña Flor
	buelta en plato. *D.* En plato? *Z.* Si,
	que en la comedia la vi
	Puesta en vn aparador.

Pero no sola esta ingrata
el aparador tenia,
que muchos platos auia,
y los mas dellos de plata.
Miraua yo desde el vanco
en los platos relumbrantes
de almendra y passa los antes,
los postres, de manjar blanco.
Tal fiesta ahi se celebra,
que halla qualquier combidado
platos de carne, y pescado,
como en Viernes de Ginebra.
Al salir se han de seruir
los platos de la vianda,
que al entrar son de demanda,
y de vianda al salir.
Vieras, mirando a estos platos,
mil mancebitos hambrientos,
qual suelen mirar atentos
carne colgada los gatos.
Ellas no pueden sufrillo,
y por pagarse, también
de quantos abaxo ven
estan haziendo platillo.
Su capitulo primero,
es, si vno regala, o no:
segundo, si regalò:
si regalarà, tercero.
Y con tal gasto, y espacio
siguen materia tan mala,
que en regala, o no regala,
gastan todo el cartapacio.
Mas como con lo que a ti
te ha sucedido estos dias
no me atajas? *Die.* Diuertias,
Zamudio, mi pena assi.
Za.   Como va de sentimiento

con doña Clara? Porfia
en su tema? *Die.* Toda via
apellida casamiento.
Si al de Ayamonte heredara,
no estuuiera mal casado,
que don Pedro Maldonado,
padre de la hermosa Clara,
De los Caualleros es
de blasones mas felizes

Za.   Missas de salud le dizes,
inmortal será el Marques.
En gran confusion te veo.

Die.   Pues ya vna traça fabrico
con vn encanto de Enrico,
para lograr mi deseo,
Y venga lo que viniere.

Za.   Y esso sin casarte? *Die.* Si.

Za.   Pues, señor, cuerpo de mi,
todo lo pierde el que muere.
Con razon te determinas,
come, si hambriento te vès,
y mas que salga despues
a poder de melecinas.
En esso me viera. *Die.* En que?

Za.   En hablar como Lucia
dè fin a la pena mia,
sin que la mano le dè,
Que viue Dios, que no huuiera
en el mundo inconueniente,
ni impossible tan valiente.
que por vencer, no venciera.

Die..   Imitasme de este modo,
pues en no casarte dàs.

Za.   Señor, si a la Corte vàs,
lo aborreceras del todo.

Die.   Aqui se quede el amor,
que en su encanto diuertido,

de preguntarte me oluido,
si viene el pesquisidor.
Za. Ni ha sido nueuo, ni injusto,
que en el juuenil cuidado
quando el Consejo de Estado
fue primero que el del gusto?
Die. De lo importante tratemos.
Za. Hablaron al Presidente
qual tu amigo, y qual pariente;
mas pesquisidor tenemos.
Die. Que me dizes? *Za.* que no es hombre
el Presidente de ruegos,
vence a Romanos, y Griegos
de recto, y sabio, en el nombre.
Die. Y viene ya? *Za.* Atras quedò,
muy presto aqui lo tendras.
Die. Que buena nueua me das!
Za. Y mondo nisperos yo?
A ti, y al pesquisidor
traigo cartas por mitad,
para ti, las de amistad,
para el, las de fauor.
Pero dime, que se ha hecho
don Iuan. *Die.* Por ser, como vès,
esta cueua para tres
aposento tan estrecho,
Y por estar de su casa
cerca la Iglesia mayor,
retraido alli, mejor
estos infortunios passa.
Za. Bien haze. *Die.* Quiero leer,
mas los dos Enricos son
los que vienen.

Salen el Marques, y Enrico con manteo, y sotana, y bonete.
En. La opinion
a verme os pudo traer:
Pero la verdad no puede

deteneros. *Mar.* Que humildad!
bien sè yo, que la verdad,
Enrico, a la fama excede.
Don Diego. *Di.* Señor, si dà
en honrar con su presencia
esta casa Vueselencia,
claro palacio la harà.
Y yo con visitas tales,
no solo no sentirè,
mas antes celebrarè
por venturosos mis males.

Mar.   En vna carta lei
de las que a Lucilo escriue
el gran Seneca, que viue
el sabio dentro de si.
Al cayado, y la corona
en la choça, y el palacio
le sobra todo el espacio
que no ocupa su persona.
Y assi ni miro en grandeza,
ni en pequeñez de lugar,
porque está con respirar
contenta naturaleza.
Y yo esta cueua sombria
prefiero al palacio rico,
pues aqui de vos, y Enrico
se goza la compañia.
Que ay de negocios? *Die.* Señor,
la feliz nueua me dad,
si ha dado ya libertad
al preso el Corregidor.

Mar.   Hasta aqui no lo han dexado
los Medicos visitar,
que importa assi, por estar
de la herida dessangrado.
En estando bien dispuesto
lo visitaré. *Die.* Conuiene

	la diligencia, que viene
	el pesquisidor muy presto.
Mar.	Quien el mensagero ha sido
	dessa nueua? *Die.* Este criado,
	que oy de la Corte ha llegado.
En.	Zamudio, que ya has venido?
Za.	Si señor, y no creeria,
	sin verlo, que preguntara
	vna cosa que es tan clara,
	quien sabe Nigromancia.
Die.	Calla, bachiller. *Za.* En Artes
	por Salamanca lo soy.
Mar.	Segun lo que viendo estoy,
	lo seras por todas partes.
Za.	Los bachilleres aqui
	en todas partes lo son,
	que es desta escuela essencion.
Mar.	No se perdera por ti.
Die.	Perdonad, por vida mia,
	a este grossero hablador,
	que nunca a los de su humor
	obligó la cortesia.
Za.	Si antes que a la Corte fuera
	de bufon me motejaras,
	sin duda que me obligaras
	a que vn desatino hiziera.
Mar.	Que te obliga a reparar
	despues que a la Corte has ido?
Za.	Estar allá muy valido
	todo medio de agradar.
	La lisonja, y el gracejo
	en las nubes, necedad,
	el desengaño, y verdad,
	la fineza, y buen consejo.
Die.	Ya satirizas? detente,
	no dès en murmurador.
Za.	No me detengas, señor,

que viue Dios que rebiente.
M.   Dexalde hablar. Z. No has estado
en la Corte, que por esso,
aunque en todo eres trauiesso,
eres en esto auisado.
Lleuòme vn amigo vn dia
allà a vna junta de hablantes
arrojados, y ignorantes,
y el vno dellos dezia:
Brauas joyas, y vestido
ha echado doña fulana,
mas es hermosa, y lo gana
con preceto del marido.
Codeò mi camarada,
y dixo El que hablando està
come de lo que le dà
vna hija emancipada.
Andar, dixo otro mocito,
el marido no haze bien,
porque en la Ley de Moysen
tal preceto no ay escrito.
Segunda vez codeò
mi amigo, y dixo: El moçuelo
lo sabe bien, que su abuelo
en Granada la enseñò.
Andar, otro reposado,
con vn suspiro profundo,
dixo: essos gozan del mundo:
ay del pobre, que es honrado.
Vi venir otro codazo,
mas escapeme, y sah,
porque a detenerme alli,
sacara molido el braço.
Die.   Que la Corte sufra tal!
Za.   Pues esto es mucho? vn Letrado
ay en ella tan notado
por tratante en dezir mal,

que en lugar de los rezelos
que dàn las murmuraciones,
siruen ya de informaciones
en abono sus libelos.
Y su enemiga fortuna
tanto su mal solicita,
que por mas honras que quita,
jamas le queda ninguna.
Die.	Quando tuuiste lugar
de ver tanto? *Za.* Es menester
mucho tiempo, para ver
lo que nos ha de enfadar?
Ma.	Al fin con la Corte vienes
enemistado? *Za.* No vengo,
que con su grandeza tengo
gran simpatia. *En.* Que tienes,
Zamudio, por simpatia?
Za.	A caso para saber
traduzilla. es menester
estudiar Nigromancia?
Que falso estais! ya sabemos
que sois Magico, mas yo
lo soy tambien, y sino,
para prouarlo, apostemos,
Que sin quitarme de aqui,
y sin que el pulso me deis,
os digo donde teneis
vn dolor. *En.* Adonde?
Dale vn golpe Zamudio, y señala donde le da.
Za.	Aì.
En.	Pagareismela a fè mia.
Za.	Aqui no os valio la ciencia.
Die.	Majadero, la insolencia
no entra en la bufoneria.
Ma.	No le riñais, que no vi
jamas tan raro sugeto.
Za.	Soy tan raro, que os prometo

que se vio quando naci
Vn caso, que ni se vio
otra vez de Adan acà,
ni otra vez sucederà,
Ma. Y fue el caso? *Za.* Nacer yo.
Mamola. *Die.* Que grosseria!
Ma. Pagareisla por mi fè.
Die. Vete a descansar. *Za.* Si harè,
mas será viendo a Lucia.
Ma. Buenos nos dexas. *Za.* Señores,
contra estudiante gorron,
salmantino socarron,
non prestan incantatores.
En. Presto lo vereis. *Za.* Lucia.

Sale Lucia con manto, y vna canastilla cubierta, y vna bota.

Lu. Zamudio. *Di.* Mucho me holgara
que este arrogante prouara,
si vale Nigromancia
Contra gorron Salmantino.
Ma. Vna burla le he de hazer
bien graciosa. *En.* Para ver
la que yo hazerle imagino
Os retirad a esta parte.
Die. Pues juntos de Magia veo
los dos Apolos, deseo
veros exercer el Arte.

Vanse los tres.
Za. Tanto ha podido la ausencia!
Lu. Tanto la ausencia ha podido,
que en mi coraçon ha hecho,
lo que no tantos seruicios!
La memoria, sin cessar,
luchando estaua conmigo
representando tus hechos,
y refiriendo tus dichos.
Al fin oi, quando passaste
por mi calle de camino,

te estaua embiando el alma
a la Corte mil suspiros.
Mas en viendote en achaque
de ir a xabonar al rio,
para merendar los dos
preuine este canastillo.
Vèn, porque a orillas del Tormes
Haga los peñascos frios
de mi firmeza, y mi gusto
mudos, y eternos testigos.

Za.   Vamos, mi bien, entretanto
que a la ausencia sacrifico,
por lo que alcanço por ella
lo que en ella he padecido.
Harela estatua de barro,
pues no puedo de oro fino,
colgare vn gorron de cera
en su templo, agradecido.
Que si vn Rey a las cebollas
altares, y templos ricos,
porque con ellas sanò
de unas quartanas, le hizo.
Mas lo merece la ausencia,
pues que por ella mitigo
las fiebres de mi deseo,
y de tu desden los frios.

Lu.   A Tormes hemos llegado
sin sentir. Za. Forçoso ha sido,
que con buena compañia
no se sienten los caminos.

*Pongase vn canal de dos peañas. La vna, que sirue de escotillon al tablado:
en esta se sienta Lucia. La otra vara y quarta en alto, sobre la qual està
formada vna peña de lienço hueca, y en ella está escondido vn leon. Descubre
Lucia el canastillo, en cuya boca ha de estar vna tablilla de su tamaño, con
pan y fruta, y tozino fingido: y en diziendo Zamudio, blasfemasti, etc.,
tornala a cubrir Lucia con el lienço y tira de vn cordelillo que ha de tener la*

tablilla con que se buelue, y queda hazía arriba carbon, que ha de estar
fingido, assienta la canastilla, y toma Zamudio la bota, y al leuantarla para
beuer, se la toman de dentro de la peña.

Lu.	Debaxo deste peñasco
	para estar mas escondidos,
	a merendar nos sentemos.
Za.	O peñasco, paraiso,
	Donde estos postreros padres
	tendran los primeros hijos.
Lu.	Fruta de Toro te traigo,
	pan de flor, pernil cozido,
	Empieça a comer, Zamudio.
Za.	Blasfemasti contra el vino,
	que fuera de que el lugar
	primero le es tan deuido,
	El fuego ha de estar debaxo,
	segun buenos aforismos,
	para hazer el cozimiento.
Lu.	Dizes bien. *Za.* Que huuiera sido
	De nosotros, a no auer
	tantos Moros, y Iudios?
Lu.	Porque? *Za.* Porque si en el mundo
	todos comieran tozino,
	Y beuieran vino todos,
	quien alcançara vn pellizco?
	a la salud de los dos
	encantadores Enricos.
	Assi no puedan vengarse
	de mis muecas sus hechizos:
	que es esto? que es de la bota?
Lu.	Yo que sè? *Za.* Tu la has cogido.
Lu.	Buscala. *Za.* Valgame Dios,
	hala tragado este risco?
	las peñas suelen dar agua,
	mas no suelen beuer vino.
	Pues los dos estamos solos,

ya que la bota he perdido,
al pan, y tozino apelo:

Descubre el canastillo, y parece el carbon.

mas que es esto? viue Christo,
Que quanto estaua en la cesta
en carbon se ha conuertido.
Lu.   Es esto encanto, Zamudio?
Za.   Los Magicos imagino
Que andan por aqui, Lucia,
no tengas miedo, bien mio,
que almenos en las personas
no tiene fuerça el hechizo.

Va a abraçar a Lucia, y hundese, y cae el leon en su lugar, y abraçalo, y vase el leon.

Goze yo tus dulces braços,
que del encanto me rio:
valgame san Anastasio,
san Panucio, san Francisco,
San Hernando, san Gonçalo,
san Baltasar, san Cirilo,
valgame las Letanias.
Salen don Diego, el Marques, y Enrico.
En.   Tente, Zamudio, que has visto?
Za.   Guarda el leon. *En.* Que leon?
Die.   Estremada burla ha sido.
Za.   Adonde estoy? *En.* En mi cueua.
Za.   No estaua agora en el rio?
En.   Non prestan incantatores
Contra gorron Salmantino.
Za.   No imaginè que serian
los Magos tan vengatiuos;
pescar la merienda, vaya,
Y vaya ausentar el vino,
mas hazer brindis al gusto
para deleites laciuos,
y al tiempo de cierra España.

En su punto el apetito,
conuertir vna muger
en leon, y quando embisto
a tocar manos, y labios
Topar garras, y colmillos:
viue Dios que fue mal hecho,
y el inhumano que hizo
tal metamorfosis, fue,
No burlon, sino enemigo,
y para desagrauiarme,
lo reto, y lo desafio.

Mar.   Tente, que yo quiero hazer
Estas pazes con Enrico,
y porque salga el remedio
de donde el daño ha salido,
pues por hechizo perdiste
Tu dama, por vn hechizo
que he de enseñarte, la harás
que ciegue amor sus sentidos.

Za.   Ha de auer otro leon?

Die.   Esso es miedo. *Za.* Algun Iudio
tendra miedo a los encantos,
que yo creo en Iesu Christo.

Mar.   Por la fè- de Cauallero
De cumplirte lo que digo,
si tienes animo tu.

Za.   Poco sabes de Cupido,
mas animoso serè
Que el ingenio mas diuino
que se atreue a hazer comedias,
despues que se vsan los siluos.

Mar.   Pues oye lo que has de hazer.
Oy dâ capital castigo
la justicia a vn delinquente,
y sus miembros diuididos
para publico escarmiento,
Han de ocupar los caminos,

pues como de su cabeça
quites dos dientes tu mismo,
verás rendida tu ingrata.
Za.   Dientes tiene el artificio,
porque me puede agarrar
la justicia en el camino,
y ponerme donde siruan
Mis dientes a otros hechizos.
Mar.   En esto yo te asseguro.
Za.   Yo no. *Die.* No basta dezillo,
necio, el Marques de Villena?
Za.   Es algun joyel de vidro
la vida, para arrojarla
a tan notorio peligro?
Dale vna sortija.
Mar.   Seguro vàs, con que lleues
En el indice este anillo,
por la fè de Cauallero.
Za.   Agora si te acredito,
que aunque tan poca se vè
En los nobles destos siglos,
es, porque toda a la casa
de Giron se ha retraido.
Vase.
Die.   Que burla hazerle podeis
Tras lo que aueis prometido?
Mar.   Veis todo lo que he jurado?
pues todo pienso cumplirlo,
y conseguir mi intencion:
Porque lo que yo le he dicho,
es. que irà seguro, y tiene
essa virtud el anillo,
y que si quita dos dientes
El mismo al cadauer frio,
verà rendida su ingrata:
yo cumplirè lo que digo,
si el los quita. *Die.* Pierda el necio

escarmentado los brios.

En.   Solo despreciò las ciencias
         quien no las ha conocido.

Vanse.
Sale vn verdugo con vn varal, y en la punta del vna cabeça mete el varal, que
ha de ser de dos varas, en vn agujero en medio del teatro, y vase; Zamudio
sale tras el.

Za.   Verdugo de Barrabas,
         Donde piensas dar conmigo?
         ya de mi intento el castigo
         en el cansancio me dàs.
         La cabeça desdichada,
         de su cuerpo diuidida,
         despues de perder la vida,
         adonde va desterrada?
         Gracias a Dios, que te plugo
         parar, que ya yo temia,
         que por encanto me huìa
         la cabeça, y el verdugo.
         Mas no, su palabra ha dado
         el Marques, y cumplirá
         como Cauallero, y ya
         sus verdades he tocado,
         Pues que sin ser conocido,
         ni aun visto, seguramente
         por medio de tanta gente
         la ciudad he discurrido.
         Demonios son, viue Dios,
         los Magos, yo lo confiesso,
         y sino me falta el sesso,
         no mas burlas con los dos.
         Ay, fregona, en que me pones!
         mas quien, sino tu, podia
         ser la Venus, mi Lucia,
         deste Adonis de gorrones?

Solo estoy ya, camarada,
dos dientes me aueis de dar,
pues a mi me han de importar,
y a vos no os siruen de nada.
Abrid la boca.

*El varal de la cabeça es barrenado hasta la boca, por debaxo del teatro pondra
la boca en el barreno, de manera que salga la voz por la cabeça.*

Cab. Ay de ti,
Zamudio. *Za.* Cielo, que es esto?
ay Zamudio, en que te has puesto?
no hablò la cabeça? si.
Humedo estoy de temor:
hechizeras animosas,
quien os da para estas cosas,
siendo mugeres, valor?
No en valde Enrico, me dixo:
si tienes animo tu,
del arte de Bercebu
los efetos me predixo.
Sin duda que es encantada
la cabeça, puede ser,
mas a mi que me han de hazer
todos los hechizos? nada.
Quexese, si se quexare,
por arte de encantamento,
que yo he de seguir mi intento,
Y tope donde topare.
Mas que sirue presumir
de valiente en ocasiones
tan fuertes, que los calçones
no me han de dexar mentir.
Animo, que lo peor
es, tener miedo a estas cosas,
que a no ser dificultosas,
que hazaña hiziera el valor?

    No lo dixe yo? ay de mi:
    señora cabeça, digo,
    que de todo me desdigo,
    y como vn cuero menti.

Vase.
Sale doña Clara rompiendo vn papel, y Lucia.

Cl.   Ya te he mandado, Lucia,
    mil vezes, que no me mates,
    ni dès recados, ni trates
    de cosas de don Garcia.
Lu.   Como preso està, pensè
    que algo en el papel trataua,
    que a su negocio importaua.
Cl.   Buena escusa por mi fè:
    Hazeste boba? pues sabe,
    que el que vna vez malo ha sido
    siempre por malo es tenido,
    y para que esto se acabe,
    De mi despedida estàs
    desde el momento, Lucia,
    que trates de don Garcia.
Lu.   Señora no lo harè mas.
Cl.   Vn hombre que es tan amigo
    de don Diego me pretende?
Lu.   El de don Diego no entiende,
    que trata amores contigo.

A parte.

    O amorosas variedades!
    que reñidos se apartaron,
    y que facil conformaron
    otra vez las voluntades!
Cl.   Es ya tarde? *Lu.* Las diez son:

quieres acostarte? *Cl.* Si,

Siluan dentro.

       desnuda pienso que oì
       vn siluo. *Lu.* Estos siluos son
       de Zamudio. *Cl.* Hablalle quiero:
       està mi padre acostado?

Lu.   Iugando está embelesado,
       los ojos en el tablero,
       toda la imaginacion
       en vn lance de axedrez.

Cl.   Mire la dama esta vez,
       que se le arrima vn peon.
       Abre a Zamudio. *Lu.* Entrará?
       o saldras al corredor?

Cl.   Que entre Zamudio, es mejor,
       porque llamarme podra
       Mi padre, y no será bien,
       que me halle fuera de aqui.

Lu.   Bien dizes.

Vase.

Cl.   Amor, por ti
       tales excessos se vèn:
       Por ti la honesta donzella
       auentura su opinion,
       y el mas prudente varon
       vida, y honor atropella.
       El lince te sigue, ciego,
       desnudo a Marte sujetas,
       hieren al Sol tus saetas,
       y vence al suyo tu fuego.

Sale Lucia, y Zamudio disfraçado con vna nariz postiça.

Lu.   Entra quedo, y otra vez
       me abraça, y di, como vienes
       de la Corte? ay Dios! *Za.* que tienes?

Lu.   Que es esto, justo Iuez?

Quitase Zamudio el disfraz.

Za.   Buelua la piedra a su centro.

Lu.	Todo te desconoci.
Za.	El Frances me puso assi,
	por si a la justicia encuentro,
	Que al disfraçarme, juro,
	con vn encanto que hazia,
	que no me conoceria
	la madre que me pario.
Cl.	Zamudio. *Za.* Hermosa señora.
Cl.	Vienes bueno? *Za.* Bueno, y tengo
	mil cosas de donde vengo
	que contar, no para agora.
	Si ay lugar, manda a Lucia,
	que passe del corredor
	vn caxon, que mi señor
	con este papel te embia.
Cl.	Gusto esta nueua me ha dado,
	jugando mi padre està,
	passar sin riesgo podra,
	sordo està de embelesado.
Vase.	
Za.	Que se passe vn año entero
	vn viejo absorto en los lances,
	cantando antiguos romances
	a la orilla de vn tablero,
	Diziendo, con mucha flema,
	xaque, y tome mi consejo:
	a huir, que viene Vallejo,
	tenga, mire que se quema.
	Pues que, si dà en señalar
	con el dedo el axedrez?
	pienso que a muerte otra vez
	condena al Rey Baltasar.

Sale Lucia y vn ganapan con vn caxon de la estatura de vn hombre, ponelo en pie a raiz del vestuario.

Lu.	Poned el caxon aqui.
Za.	Quedo, no lo hagais pedaços.
Ga.	Ni son de azero mis braços,
	ni el de pluma, pese a mi.
Za.	Id con Dios. *Ga.* Mande vuace
	darnos para echar vn trago.
Za.	Nunca yo dos vezes pago.
Ga.	Cuerpo de Dios, concerté
	subir escaleras yo?
	deualde las he subido,
	quando me dé lo que pido,
	iràse al infierno? *Za.* No.

Dale dinero Clara al ganapan.

Cl.	Hablad mas baxo y tomad,
	id con Dios, salga Lucia
	con el:

Vase Lucia, y el ganapan.

	nunca yo querria
	por ninguna cantidad
	Con gente baxa ruido.
Za.	No es justo, que vn vellacon
	salga assi con su intencion.
Cl.	Siempre al fin queda vencido
	El que pide del que dà,
	vete a Dios, Zamudio amigo,
	que es tarde. *Za.* El quede contigo.

Sale Lucia.

Lu.	Vaste? *Za.* Quedaréme acá?
Lu.	No sufrirá mi camilla
	ancas, Zamudio, que es corta.
Za.	Que no las sufra, que importa,
	si tengo de ir en la silla?
Lu.	Sin casamiento no admito
	en mi cama combidado.
Za.	Tu cama es vn buen bocado,
	pero casarse es buen grito.
Lu.	Pues quien ama, y esso niega,

tome lo que le viniere,
que si vn gorron no me quiere,
mas de vn bonete me ruega.
Za.   Pues que con tal condicion,
Lucia, te has de vender,
siempre te quieres boluer,
al abraçarte, en leon.

Vase.

Lu.   Acabaste de leer?
Cl.   Ya he leido. *Lu.* Que inuencion
es la de aqueste caxon?
Cl.   Tanta priessa? Lu. Soy muger.
Cl.   Oye pues, y no te espante
mi pensamiento atreuido,
que siempre el amor lo ha sido,
y sabes que soy amante.
Hame contado don Diego,
que en la cueua donde està
retraido ay vna estatua
con cabeça de metal,
Que por vn secreto aliento
de espiritu celestial
dissuelue, a quien le pregunta,
la mayor dificultad.
Dize el estado presente
de los que ausentes estan,
y de venideros casos
ciertos pronosticos dà.
Pues yo, que en vn punto tengo
de muger, curiosidad,
de enamorada, temores,
recatos de principal,
Para salir destas dudas,
la pretendo consultar,
y fingiendo otros intentos,
se la he pedido al Guzman.
El, como tiene en la mia

el Norte su voluntad,
oy la estatua me ha embiado,
que en este caxon està.
Y en este papel me embia
figurada vna señal
que formandola en su boca,
es, la que la obliga a hablar.
Dize, que quando la noche
aya hecho la mitad
de su curso, y las estrellas
vaya escondiendo en el mar,
Quien a solas la consulte
grandes misterios sabra,
y en particular en cosas
de amor, la cierta verdad:
Porque entonces esta Venus
Puesta en no se que lugar,
que es mas propicio al encanto,
que tanta fuerça le dà.
Esto contiene el caxon,
si tienes que consultar,
llega conmigo, y harè
la misteriosa señal.
Que me has de dexar, Lucia,
sola, si las doze dan,
que quiero de mis amores
saber en que han de parar.

Lu. Tendras animo, señora?
Cl. El amor me lo dará,
y tu? *Lu.* Para tales cosas
faltòle a muger jamas?
Ay alguna, que no tenga,
si ausente, o zelosa esta,
vn poco de echar las habas?
y vn mucho de conjurar?
El cedazillo el rosario,
que de esso les sirue ya!

el chapin, y la tixera,
espejo de agua, o cristal?
La candelilla, y sierpe
de cera, que bueltas dà
entre el agua, y fuego, y prendas
de la dama, y el galan?
Muger ay, que el ir a Missa
sola, gran miedo le da,
y a media noche vn ahorcado
sabe a solas desdentar.
Cl. Cierra la puerta, Lucia,
no entre mi padre. *Lu.* Ya está
cerrada.

Abren el caxon, parece vna estatua con la cabeça de color de metal.

ay Dios, toda via
me da miedo su fealdad,
el cabello se me eriça,
frio de cession me dà.
Cl. Tambien estoy yo temblando,
si he de dezir la verdad,
pero ya estamos aqui.

Hazele en la boca a la estatua vna señal como letra con el dedo.

quiero hazerle la señal:
preguntale algo, Lucia.
Lu. Tu preguntarle podras,
que yo no sabrè, señora.
Cl. Confiessas tu necedad,
Que en nada se muestra vn sabio
como en saber preguntar,
y vn necio se manifiesta
preguntando mucho, y mal.
Mas pregunta, aunque te yerres.
Lu. Encomiendome a san Blas:

señora estatua, yo pido,
que me diga, como esta?
Cl.   Que disparate. *Lu.* Escuchemos
la respuesta que nos da.
Cl.   Auia de responder
a tan grande necedad?
Aun acà vn hombre ruin,
si se vè en alto lugar,
se indigna de que ninguno
le pregunte, como esta.
Y por no dar por respuesta,
que esta a su seruicio, harà
mas traças que vn estrangero,
mas trampas que vn natural.
Que quieres que te responda
esta cabeça. incapaz,
O por bronze, o por diuina,
de tener enfermedad?
Otra cosa le pregunta,
dificultosa. *Lu.* Ya và:
agora si, que has de ver,
señora, mi habilidad.

Dentro don Pedro.
        Ola.

Cierra Clara el caxon.
Cl.   Mi padre llamò,
vele presto a desnudar,
no se venga acà. *Lu.* Yo voy.
Cl.   Cierra essa puerta tras ti,
y si pregunta por mi,
di, que ya durmiendo estoy.
Lu.   Las doze dan, boluerè?
Cl.   No tan presto, porque quiero
consultar sola primero
mi amor; yo te llamarè.
Lu.   Tu miedo mi sangre enfria.
Cl.   Estáte en el corredor,

que si me aprieta el temor,
te dare vozes, Lucia.

Vase Lucia.

Amor, y desconfiança
juntos, sin duda han nacido,
que aun del amor ya creido
es fuerça temer mudanqa.
Perdona, don Diego mio,
que como tanto te quiero,
o firmezas desespero,
o verdades desconfio.
Mucho me obliga a creer
tu seruir, y porfiar;
mas no quererte casar
no dà menos que temer.
Y assi mi temor querria
saber en esta ocasion,
la verdad de tu aficion
O el engaño de la mia.

*Abre el caxon, y sale del don Diego, que el caxon ha de tener la espalda
tambien hecha puerta, que se abre hazia el vestuario, de suerte que la gente
no lo eche de ver; y assi quando Clara cierra el caxon abren la puerta trasera,
y quitan la estatua, y entra don Diego.*

Ay, Dios. *Die.* Mi querida Clara,
no temas, don Diego soy.
Cl. Iesus. *Die.* Si contigo estoy,
que temes? muestra essa cara.
Si piensas, señora nua,
que miente esta obscuridad,
para saber la verdad
muestra el rostro, y saldra el dia.
Cl. Eres don Diego, de veras?
Die. Pues quien otro puede ser
el que se atreua a emprender
por tu amor tales quimeras?

Cl.   Dexame, encanto, o vision,
        que eras duro bronze agora.
Die.   Yo soy la verdad, señora,
        que el bronze fue la ilusion.
        Por estar aqui Lucia
        aquella forma tomè,
        porque solo desseè,
        verte sola, gloria mia.
        Que a este fin, mis ojos claros,
        te escriui, que si quisieras
        saber nueuas verdaderas
        de amor, y misterios raros,
        en passando la mitad
        de la noche, sola hablaras
        con la estatua. *Cl.* Muestras claras
        de tu engaño y falsedad.
Die.   Que no te he engañado creo,
        pues que te vengo a mostrar
        altos misterios de amar,
        y verdades de vn deseo.
        No son injustos, ni estraños,
        señora, si bien lo mides,
        en la guerra, los ardides,
        y en el amor los engaños.
        De que busque, no te enfades,
        con vn engaño, lugar,
        quien no lo puede alcançar
        a fuerça de mil verdades.
Abraçase con ella para forçalla.
        Perdoname, que no quiere
        el amor que espere mas.
Cl.   Ha don Diego, loco estàs.
Die.   Loco está, quien no lo fuere,
        donde combida el amor
        con tal gloria. *Cl.* Dare vozes,
        don Diego mal me conoces.
Die.   Publica tu deshonor,

Que yo, aunque el mundo lo intente,
no puedo ser ofendido
del encanto preuenido.
Cl.   Mal aya quien tal consiente.
Mas aunque el te ayuda tanto,
de la vitoria confio,
que sobre el libre aluedrio
no tiene fuerça el encanto.
Die.   Tendranla mis fuertes braços.

Entranse peleando.

Cl.   Viue Dios, que he de viuir
honrada, o he de morir
en ellos hecha pedaços.
Vanse.

ACTO TERCERO

Salen don Diego, el Marques, y Zamudio.

Die. Señor Marques, no querria
    que diesse todo el rigor
    del juez pesquisidor
    en el preso don Garcia:
    Y ya que por vos soltarlo
    el Corregidor no quiso,
    o no pudo, es cuerdo auiso,
    por bien, o por mal, librarlo,
    Y venga lo que viniere.
Za.   Todo saldra en la colada.
Mar. De esse braço, y esta espada
    no ay hazaña que no espere.
Die. En vuestro valor me fio.
Mar. Pues ya en mandarme tardais,
    que si vn amigo ayudais,
    yo vn amigo, y deudo mio.
Die. Por Arte Magica intento,
    que rompamos la prision.
Mar. Presta determinacion
    dà presto arrepentimiento.
    Rezelo del Rey la ira.
Die. Grandes hazañas, entiende,
    que nunca bien las emprende
    el que los peligros mira.
    Y el Rey, llegado a rigor,
    que tanto se ha de enojar?
    tan gran delito es librar
    a vn deudo suyo vn señor?
    Tanta culpa, deshazer
    el agrauio que le ha hecho
    el Corregidor? sospecho,
    que antes os dà a merecer.

Que delito ha cometido
contra su Rey don Garcia?
que traicion, o que heregia?
que Monasterio ha rompido?
De vna resistencia puede
hazer el Rey tanto caso?
no es cosa, que a cada passo
en todo el mundo sucede?
Y quando fuera mayor
su delito, y vuestro excesso,
cuerpo de Dios, para esso
os hizo Dios gran señor.
Mar.	Si: mas los señores son
de la Republica espejos.
Die.	Que intempestiuos consejos!
que cordura sin razon!
Llegar a viejo pensais,
sin ser moço, por ventura?
o para la edad madura
las mocedades guardais?
Pero no sois menester,
que yo, aunque pobre escudero,
basto solo, y solo quiero
tan justa hazaña emprender.
No de vuestro encantamento
pendiente el remedio està,
que el Frances me ayudarà
para tan honrado intento.
Y quando no pueda tanto
yo con el Arte encantada,
tengo vn braço, y vna espada,
que pueden mas que el encanto.
Mar.	Para darle libertad
mas cuerdo medio apercibo,
que serà cierto, si escriuo
sobre ello a su Magestad.
No de otra suerte, que son

en los mas grandes señores
mas culpables los errores:
esta es mi resolucion.

Vase.

Die.   Que assi se me aya escusado
don Enrique? *Za.* Cuerdo es:
que dize del el Frances?

Die.   Largamente ha disputado
De Arte Magica con el:
admirado el viejo està,
y despues de Merlin, dà
a don Enrique el laurel.

Za.   Ay de mi, que lo he prouado,
y vi vna cabeça hablar,
mas acaba de contar
lo que auias començado.

Die.   En que estauamos? *Za.* Dezias
de doña Clara el valor,
quando por fuerça, o amor
sujetarla pretendias.

Die.   Yo, pues, con su resistencia
mas abrasado me vi,
como a la palma oprimida
el peso ayuda a subir.
Crece en la discorde lucha
el venereo ardor en mi,
y en ella el Marcial esfuerço,
sino tema mugeril.
Entre ruegos, y amenazas,
con estar tan ciego, vi
pintar los afectos varios
en su rostro vn vario Abril.
Ya el temor en las mexillas
esparze blanco jazmin,
ya la virginal verguença
vierte clauel carmesi.
Llora sudor de congoxa

el animado marfil,
que es todo el cuerpo a llorar,
si es toda la alma a sentir.
Las lagrimas perlas son,
que entre el diamante, y rubi
coge el cabello esparzido
en hilos de oro sutil.
Estos imitan los rayos,
que el Sol derrama al salir
sobre la escarcha de Enero,
o la floresta de Abril.
Quando con mis fuertes braços
ciño su cuerpo gentil,
enlaçados considero
a Venus, y Marte assi.
Mas con afectos trocados,
porque Venus està en mi
de amoroso, Marte en ella
de esforçada y varonil.
Quien vio la amorosa yedra
a vn muro de nieue asir?
o por arbol de diamante
trepar la halagueña vid?
Su honor opone à mi ruego,
a mi fuerça, el resistir,
a mi terneza, vn demonio,
a mi enojo, vn Serafin.
No sé que haga perdido,
medios prueuo mas de mil,
doile palabra de esposo,
juro, que la he de cumplir.
Quien pensara, que muger
que jura morir por mi,
en tal ocasion con esto
no diera a mis ansias fin?
No precio palabras, dixo,
que nunca, don Diego, vi

al que deseoso ofrece,
arrepentido cumplir.
Si ser mi esposo pensaras,
no huuieras venido assi,
que no busca malos medios
el que camina a buen fin.
Si has de casarte, no quieras,
que aya yo sido ruin,
y si me engañas, no quiero
quedar sin honra, y sin ti.
Y para acabar porfias,
yo me determino aqui
a no cumplir tu deseo,
o entre tus manos morir.
Con esto yo en tema el gusto,
y en furia el amor bolui,
y determinè forçar,
pues no pude parsuadir.
Cogi mi Daphne en los braços,
menos la pude rendir,
que hecha vn globo de diamante,
tuuo sus fuerças en si.
En esto nos hallò el Alua,
y como la vi reir,
auergonçado, y vencido,
de la estacada sali.

Za.   Que llamas, señor, vencido?
que dizes, auergonçado?
quien tan gran honra ha ganado?
quien tal vitoria ha tenido?
Si casandote pudiste
gozalla, y no te casaste,
la mayor palma alcançaste,
que a ti mismo te venciste.
Si el no podella vencer
por fuerça, te auergonçò,
cosa es, que nadie alcançò,

el forçar vna muger.
Propuso vn hombre el agrauio
de otro, que forçado auia
vna hija que tenia:
mas el juez, como sabio,
Su espada desembainada
al querellante le dio,
y el con la baina quedò,
y dixo: Embaina essa espada:
El juez aqui, y alli,
la baina apriessa mouia,
el, que acertar no podia
con la baina, dixo assi:
Como he de embainar la espada,
si la baina no està queda?
el dixo: Con esso queda
vuestra causa sentenciada.
Assi, que sino pudiste
este impossible alcançar,
consuelate con pensar,
que el de vencerte venciste.
Y piensas boluella a ver?

Die.   Entre el agrauio, y la pena,
hallo, que es muger tan buena,
buena para mi muger.

Za.   No hará poco, si te quiere
para marido, señor,
quando dà el pesquisidor
premio a quien te descubriere,
Y a quien te encubra, castigo.

Die.   Quien essa nueua te ha dado?

Za.   Oy assi se ha pregonado,
y està desuerte contigo,
Airado el Corregidor,
que por poderse vengar,
jura, que ha de auenturar
hazienda, vida, y honor.

Di.   Pues guardese de don Diego,
           que estoy restado. *Za.* Señor,
           pienso que fuera mejor,
           tomar las de Villadiego.

Vanse.
Sale don Garcia con prisiones.
Gar.   Quando la noche a su amador Morfeo
           tiende lasciua el amoroso braço,
           y en su dulce regaço
           pierde el cuidado, y logra su deseo,
           de sus vrnas vertiendo, celestiales,
           descanso igual a todos los mortales.
           A mi de su licor parte no alcança,
           todo de mis pesares ocupado,
           el cuerpo aprisionado,
           cautiua el alma agena de esperança,
           pues nunca a Clara condolida veo,
           ni aliuio en mi prision, ni en mi deseo.
           Mas que subita luz tan a deshora
           desta prision la obscuridad desvia?
           si ya amanece el dia!
           mas ni aqui llega el Sol, ni entra la Aurora
           con modo por jamas vsado abiertas
           de la carcel estan las duras puertas.

Salen don Diego, y Zamudio con vna hacha encendida.
           Don Diego de Guzman no es el que veo?
           cielos, el es, que dudo? amigo caro,
           dezidme, quien tan raro
           milagro obrò? es engaño del deseo?
           como solos abris en horas tales
           los dos tan libremente estos vmbrales?
Die.   Ya que de vuestro deudo don Enrique
           obra el fauor ha hecho tan estraña,
           no ay impossible hazaña
           a que el animo yo por vos no aplique,
           que no he de estar yo libre, don Garcia,
           y preso vos, mitad del alma mia.

Quitale las prisiones.

       Sacad los nobles pies del hierro duro,
       y gozareis del cielo la pureza,
       que no a vuestra nobleza,
       Giron, conforma el calaboço obscuro.

Gar.   O raro exemplo, eternamente cante
       la fama al mundo, amigo tan constante.
       Como la cera al Sol, en vuestra mano,
       el hierro desconoce su costumbre,
       no a bramadora lumbre,
       no a golpe fuerte del feroz Vulcano
       el metal pertinaz assi obedece.

Die.   Tanto la humana ciencia resplandece.

Sale vn preso primero.

1.   Que es aquesto, santo cielo?
       don Diego es, por Dios, señor,
       yo tambien, a tu valor,
       del Corregidor apelo.

Die.   Porque causa preso estàs?

1.   Don Sancho se ha querellado,
       de que en su casa me ha hallado
       con vna hija suya. *Die.* Ay mas?

1.   No mas. *Die.* Injusta querella
       don Sancho de ti formò,
       porque si ella te admitio,
       la que le ha ofendido es ella:
       Libre vas.

Vase 1.

       Tu porque estàs
       preso? dilo breuemente.

Sale vn preso segundo.

2.   Porque matè vn maldiciente.

Die.   Que buen gusto! libre vas.

Vase 2.

       Y tu porque?

Sale vn preso tercero.

3.   Di a vn cochero

essento vna cuchillada.

Die. Cosa tan bien empleada
la premiara yo primero.
Libre vas.

Vase 3.

Sale el Alcaide con llaues, y baston.

Al. Que es lo que estoy
mirando, cielos? abiertas
tan de par en par las puertas?

Die. Quien sois? *Al.* El Alcaide soy.

Die. Callad, si quereis viuir:
dadme de entradas el libro.

Al. Si desta con vida libro,
religioso he de morir.

Vase.

Gar. Don Diego, que es lo que hazeis?
todos los presos echais?
estais loco? no mirais
el riesgo a que nos poneis?

Die. En esto que veis he dado,
y mas, si pudiesse, haria,
porque quedeis, don Garcia,
del Corregidor vengado.

Za. Pague assi las obras malas,
y sepa con quien las ha,
que el cueruo no puede ya
ser mas negro que las alas.

El Alcaide saca vn libro lleno de poluora, ponelo sobre vn agujero pequeño del teatro.

Al. Este es el libro, señor,
que todo mi cargo encierra.

Die. Poneldo, Alcaide, en la tierra,
dezid al Corregidor,
Que don Diego de Guzman
le quiere dar a entender,
quanto le excede en poder,
que estas obras lo diran.

Que aya paz entre los dos,
y pida a su Magestad
mi perdon y libertad:

Dan fuego al libro por debaxo del teatro.

porque sino, viue Dios.
Que del modo que se abrasa
este libro, y con querer
solamente lo hago arder,
lo he de abrasar en su casa.

A parte.

Al.   Assi lo harè: tan estraños
portentos quien los creerà?
o se acaba el mundo ya,
o sueño tales engaños.

Vase.

Sale Andres.

An.   Gran don Diego, el fauor vuestro
pide ya, quien os le dio,
que el Corregidor prendio
a Enrico, vuestro Maestro.

Die.   Que dizes? *An.* Que preso va.

Die.   Oy verà, si grato soy,
libertad le he de dar oy,
o sin vida me verà.

Gar.   Pues, don Diego, que intentais?

Die.   Iuntar mis amigos luego,
y librallo a sangre, y fuego.

Vase.

Gar.   De vn abismo en otro dais.

Za.   Pues no es el menor abismo,
ver, que no se libre a si
Enrico, bien entra aqui:
Medico, cura a ti mismo.

An.   Misterios diuinos son;
yo estoy temblando, Zamudio.

Za.   No ay sino, aqui del estudio,
y ande el palo, y coscorron.

Vanse.
Salen Clara, y Lucia.

Lu.   Adonde va tu padre tan apriessa?
Cl.   A remediar locuras de don Diego.
        que anoche, dizen, que por vn encanto
        las carceles rompio y a don Garcia
        librò con los demas presos que avia.
Lu.   Iesus. *Cl.* Pues oye mas, que esta mañana
        en lugar de los reos que ha soltado
        presos los querellantes se han hallado.
Lu.   Será por Arte Magica. *Cl.* Tras esto,
        porque prendio el Corregidor a Enrico,
        tiene la escuela toda amotinada,
        y a quitarsele va de mano armada.
        Y assi partio mi padre cuidadoso,
        de dar con el juez alguna traça
        de remediar el daño que amenaça.

Salen don Pedro, y Enrico.

Pe.   En esta corta casa, o sabio Enrico,
        no el preso aueis de ser, sino el Alcaide.
En.   Vuestra nobleza mi pesar aliuia.
P.   Clara. *C.* Señor. *Pe.* regala al noble Enrico,
        que es nuestro huesped. *E.* Vuestro humilde preso.
Pe.   Y porque al punto ha de partir el propio,
        que se despacha al Rey sobre estos casos,
        y el Regimiento me encargó su carta,
        para entrar a escriuir me dad licencia.

Vase.

En.   Vuestro es el mando, mia la obediencia.
Cl.   Qual, Enrico famoso, fue el sucesso
        que os ha traido a nuestra casa preso?
En.   Como el Pesquisidor, hermosa Clara,
        me prendio, y el estudio amotinado,
        resuelto a darme libertad marchaua,
        salio al encuentro vuestro noble padre,
        y para assegurarlos ofrecioles
        de parte del juez, que me tendria

en vuestra casa preso, mas seguro
de su rigor, en tanto que a su Alteza
se consulte el remedio destos daños.
Don Diego de Guzman, que era el caudillo,
en viendo a vuestro padre, respetòle,
y el partido acetò, poniendo luego
en el estudio, vniuersal sossiego.

Cl. Gracias doy a la suerte, que ha querido
honrar mi casa. *En.* Mi ventura ha sido.

Cl. Y ya que en ella por mi dicha os veo,
espero ver cumplido mi deseo.

En. Hablad, pues, bella Clara que no ay cosa,
como vos la querais, dificultosa.

Cl. El gran poder que vuestra ciencia alcança,
segun la fama, anima mi esperança.

En. Segura de mi fè podeis mandarme,
que seruiros de mi, serà obligarme.

Cl. Que estado he de tener, saber querria?

En. Vn numero escoged. *Cl.* Escojo veinte.

En. Las seis son, casareis dichosamente,
segun la judiciaria Astrologia.

Cl. Sabrè con quien? que solo el que desea
el alma, harà, que venturosa sea.

En. Quereislo ver? *Cl.* Mi pecho se holgaria.

En. Venga vn espejo. *Cl.* Sacale, Lucia,

Vase Lucia.

sino es don Diego, cielo soberano,
no quiero vida, no, para otra mano.

Lucia saca vn espejo de dos tapas en la vna està la Luna sola y tras esta ay otra, que tiene debaxo vn retrato de don Diego, y entrambas salen y entran.

Lu. El espejo està aqui. *En.* Mostralde, Clara.

Quita la tapa.

que veis agora en el? *Cl.* Mi misma cara.

En. Echalde vos la tapa.

Cierrale.

Cl.	Ya la he echado.
En.	Mirad hàzia el Oriente. *Cl.* Ya he mirado.
En.	Formad vna B. encima con el dedo.
Cl.	Ya la formè.
Corre la tapa, y la Luna primera, y queda la del retrato.
En.	A quien veis en el agora?
Cl.	Miro a don Diego, a quien el alma adora.
Lu.	Que dices? *Cl.* Que a don Diego mismo veo.
Lu.	Oh si viera tambien lo que deseo.
En.	A quien quisieras ver? *Lu.* Solo querria
	ver a Zamudio.
Sale Zamudio.
Za.	Mi señor me embia
	a saber como estás. *Lu.* Cielo, que es esto?
	como el encanto lo formò tan presto?
Cl.	Mi padre ha escrito ya. *En.* al señor don Diego
	dezid, que con tan bella prisionera
	con gusto siglos mil preso estuuiera.
Vase.
Za.	Vn recado te traigo a ti, señora.
Cl.	Mi padre sale, es impossible agora.
Vase.
Za.	Oyeme tu. *Lu.* Iesus. *Za.* Con que te espanto?
Lu.	Con que no eres Zamudio, sino encanto.
Za.	Loca estás. *Lu.* Suelta. *Za.* Estos fauores medro?
Lu.	Encantada figura, vade redro.
Vase.
Za.	Otra es esta, sin duda, mi Lucia,
	que me persigue Enrico toda via:
	mas en esto me dexa consolado,
	que si figura soy, soy encantado,
	y ay mas de veinte mil, si bien lo apuras,
	que sin ser encantados, son figuras.
Vase.
Salen el Marques, y don Garcia.
Gar.	Que tenemos? *Mar.* Don Garcia,
	malas nueuas; doña Clara

en su rigor se declara,
y tanta fue mi porfia,
Que siendo honesta donzella,
a confessar la obliguè,
que tiene puesta su fè
en don Diego, y el en ella.
A este punto vi cerrado
el puerto a vuestra intencion,
que a don Diego no es razon,
quando assi os tiene obligado,
Ofender. *Gar.* A ingrata fiera.

Mar. Que dezis? *Gar.* que segun siento
no poder seguir mi intento,
de mejor gana estuuiera
Con mi esperança en prision,
que libre y desesperado,
si la libertad me ha echado
en tan dura obligacion.

Mar. Al fin palabra le di,
tierno a su belleza y ruego,
de efetuar con don Diego
el casamiento. *Gar.* Ay de mi,
Que dezis? *Mar.* Tomó ocasion
de auerseme declarado,
y vime al fin obligado,
ya sabeis quan fuertes son
Con vn moço Cauallero
ruegos de hermosa muger.

Gar. Vos, señor, sabeis hazer
famosamente vn tercero.

Mar. Es oficio de discretos,
y sabeis que no lo soy.

G. que ay de nuestros pleitos? *M.* Oy
esperamos los efetos
De lo que al Rey escriuio
en lo que toca al motin.

Gar. Prometenos triste fin,

vuestra ciencia, Marques? *Mar.* No,
Mas dezidme, como os va
en esta Iglesia? *Gar.* Aunque soy
Christiano, palabra os doy,
que me va cansando ya.
Mar.   Paciencia, que breuemente
    ver el fin dichoso entiendo.
Gar.   Quien lo dudarâ, teniendo
    tal amigo, y tal pariente?

Sale vn correo con vn pliego.

Cor.   Dame a besar essos pies
    gran don Enrique. *Mar.* Mancebo,
    bien venido: que ay de nueuo?
Cor.   Suplicarte, que me des
    De don Diego de Guzman
    noticia, que lo he buscado,
    y a quantos he preguntado
    por el, en dezirme dan,
    Que a ti venga a preguntallo.
Mar.   Para que lo buscas? *Cor.* Quiero
    dalle vna nueua, que espero
    que no poco ha de alegrallo.
Mar.   Dimela. *Cor.* Desde la Corte
    por las albricias volando
    he venido. *Mar.* Yo las mando,
    como la nueua le importe.
    Estas gana, que despues
    don Diego te las dara.
Cor.   Con esse partido va:
    don Diego de Guzman es
    Marques de Ayamonte. *M.* Queda
    muerto su tio? *Cor.* Murio.
Mar.   Pesame del que faltò,
    mas alegrame el que hereda.
    Dame el pliego, y no le des,
    hasta auisarte, la nueua.
Cor.   Y si las albricias lleua

otro? *Mar.* Yo por el Marques
en su casa te prometo
el oficio mas honrado,
por mi ya las he mandado.
Cor. Digo, que tendre secreto.

Salen Zamudio, y don Iuan.

Za. Llegó anoche la respuesta,
y oy el juez ha mandado,
que en esta Iglesia mayor
se junten los Catedraticos
De la santa Teologia,
y que la lecion cessando,
toda la Vniuersidad
se halle presente al acto.
El intento no se sabe,
mas presto a sabello aguardo,
pues que ya a coger lugar
corre el pueblo alborotado.
Iu. Ya viene el pesquisidor,
y ya los Doctores sabios,
luz del mundo, honor de España:
a esta capilla me aparto.

Salen don Diego, don Pedro, doña Clara y Lucia, tapadas.
Tocan trompetas, y atauales, salen Enrico con capirote, y borla azul; el
pesquisidor con capirote, y borla verde, o colorada, vn fraile Dominico, o
Clerigo, con capirote, y borla blanca; sientase el pesquisidor en vna silla en
medio, a su lado derecho el fraile en otra; y al izquierdo Enrico en vn vanco.

Die. Bien estaremos aqui.
Mar. A esta parte retirados,
para no ser conocidos.
Pe. Estais bien? *Cl.* A gusto estamos.
Pes. Sabiendo su Magestad,
que por la Magica ciencia
se causan tantos excessos,
por su prouision ordena,

Que en esta junta de sabios
se dispute, y se confiera,
si es licita, o no, la Magia,
y que fundamentos tenga,
Y esto en presencia de todos,
queriendo que todos vean
la verdad, para que aprueuen
su rigor, o su clemencia.
Proponed, pues, sabio Enrico,
argumentos en defensa
desta ciencia que enseñais.

Za. Famosa ocasion es esta
Para los hombres que saben.

En. Propongo desta manera:
Toda ciencia natural
es licita, y vsar della
es permitido; la Magia,
es natural, luego es buena.
Prueuo la menor: La Magia,
conforme a naturaleza,
obra, luego es natural?
la mayor assi se prueua:
De virtudes, y instrumentos
naturales se aprouecha
para sus obras; luego obra,
conforme a naturaleza.
Probatur, obra en virtud
de palabras, y de yeruas,
de caractères, figuras,
numeros, nombres, y piedras,
Todas estas cosas tienen
natural virtud, y fuerça;
luego quien por ellas obra,
obra por naturaleza?
Virtud tienen las palabras,
que bien lo prueua la Iglesia,
que tantos milagros haze,

y Sacramentos con ellas,
Tienen con sus mismas cosas
natural correspondencia
los nombres que puso Adan;
luego virtudes encierran.
No boluer suele vn dormido
a vn tiro que el ayre atruena,
y al sonido de su nombre,
dicho muy quedo, despierta.
A los signos celestiales
los caractères semejan,
y ellos por la simpatia
les comunican su fuerça.
Como si en dos instrumentos
de vna consonancia mesma,
el vno tocan, el otro,
sin tocarle, tambien suena.
Como el Sol en los espejos
hiere, y su luz reberuera,
y como el eco nos buelue
las vozes de entre las peñas.
Los numeros, quien no sabe
que tienen virtudes ciertas?
en la musica, la otaua,
la sexta, quinta, y tercera,
Y sus compuestos dan gusto.
todos los demas dissuenan,
y la consonancia puede
hasta en los brutos, y peñas.
El numero septenario
honrò Dios, virtud encierra,
y tiene en contados dias
su crisis qualquier dolencia.
Quien no sabe que ay virtudes
en las piedras, y en las yeruas?
esto dexo por notorio,
con que bien prouado queda,

Que la Magia es natural,
pues lo son los medios della,
y con esto de que es justa,
se prueua la consequencia.
Añado mas si a los brutos
dio el cielo virtudes ciertas:
al lobo, de enronquecer
al que mira, si antes llega,
Que el basilisco mirando
mate: al gallo que le tema
el leon: y el elefante
vn ratonzillo amedrenta,
Que mucho que estas virtudes
por arte, o naturaleza,
tenga el hombre, Rey de todos,
y criatura mas perfeta?
Demas desto, al primer padre
le dio Dios aquesta ciencia,
y a Salomon la infundio,
como mil santos lo prueuan.
Pues cosa mala por si,
no es possible, que la diera
Dios, fuente de sumo bien,
luego la Magica es buena.
Dixe:

Dentro.

Enrico, vitor. *Otro.* Vitor.
Otro.   Cola. *Ot.* Mientes. *Ma.* Agudeza
tienen sus proposiciones.
Die.   Es luz de nuestras escuelas.
Pes.   Responda el señor Doctor.
El Teologo.
Doct.   El cielo adiestre mi lengua.
Toda regla general
es peligrosa, y incierta.
Y vsando de diuisiones,
se declaran las materias:

la Magica se diuide
en tres especies diuersas,
Natural, artificiosa,
y diabolica; de aquestas
es la natural, la que obra
con las naturales fuerças,
Y virtudes de las plantas,
de animales y de piedras:
la artificiosa consiste,
en la industria, o ligereza
Del ingenio, o de las manos,
obrando cosas con ellas,
que engañen algun sentido,
y que impossibles parezcan.
Estas dos licitas son,
con que este modo no excedan;
mas con capa de las dos,
dissimulada, y cubierta
El demonio entre los hombres
introduxo la tercera,
que el mal que quiere engañar,
con mascara de bien entra.
Que no pudiera, viniendo
con la cara descubierta.
La diabolica se funda
en el pacto y conuenencia,
Que con el demonio hizo
el primer inuentor della:
prueuolo assi: Por virtud
de palabras esta ciencia,
Obra prodigios, que admira
la misma naturaleza;
luego los obra en virtud
del pacto implicito en ellas
Contraido del demonio.
Prueuase la consequencia:
Ninguna cosa corrompe,

engendra, muda, ni altera,
sino tiene accion real,
para hazer en quien padezca.
Las Palabras no la tienen,
ni puede de cuerpos, y ellas
darse con tacto real;
luego ni cuerpos, ni essencias
alteran naturalmente;
luego es forçoso que tengan
fuerça sobrenatural,
no les ha dado Dios esta;
luego darsela el demonio,
es fuerça que se conceda:
Mas si en las mismas palabras
esta virtud estuuiera,
dichas por qualquiera, obraran
sin el arte, por si mesmas.
Como el yelo siempre enfria,
el fuego siempre calienta,
tal Vez a nuestro pesar,
por ser su naturaleza.
Es assi, que las palabras
que el Arte Magica enseña,
no obran sin la intencion
del que obrar quiere con ellas.
O sin mirar a tal parte,
baxar, o alçar la cabeça:
luego si obran, no es por si,
sino por virtud agena.
El argumento traido
de lo que en la santa Iglesia
pueden las palabras, haze
mi opinion mas verdadera,
Pues obran por la virtud
que la Magestad eterna
les dio, quando instituyò
sus Sacramentos en ella.

Luego no obràran por si,
si esta ley no les pusiera,
y en requerir la intencion
del que las dize se muestra
Que ellas no tienen por si
natural, virtud, ni fuerça,
en caractères, figuras,
lineas, señales, y letras.
Quien duda, que sus efectos
de aqueste pacto procedan?
Prueuolo: Dezis, Enrico,
que por lo que se semejan
A los signos celestiales,
reciben dellos su fuerça;
luego los signos mejor
essos efectos hizieran,
Obrando inmediatamente
en las humanas materias
no los hazen, sin que en ello
tal caracter interuenga.
Luego el caracter no obra
por celestial influencia:
demas de que aquestos signos
que figuramos de estrellas,
Son vn ente de razon,
no figuras verdaderas,
que ni ay escorpion, ni ay ossas,
y no avrá quien no conceda,
Que lo que no es, no puede
en lo que es tener agencia:
fuera desto, al caractèr
añade palabras ciertas
El Magico para obrar;
luego no està en el la fuerça.
Añado mas: Que virtud,
que actiuidad, que potencia
Tiene vn carácter inutil,

corta, linea, o breue letra,
para formar de repente,
nubes, truenos, valles, sierras:
Cosas que, sin mucho espacio,
no puede naturaleza?
luego si su modo exceden,
los obran algunas fuerças
Sobrenaturales; luego
diabolica inteligencia.
Los argumentos que Enrico
ha propuesto en su defensa
Son falsos, que en los espejos,
el eco, y consonas cuerdas
por percusiones reales
obra la naturaleza.
Que entre otras ciencias tuuiessen
Salomon, y Adan aquesta,
es verdad; pero tuuieron
las dos especies primeras,
Natural, y artificiosa:
mas la tercera se niega:
que tengan los animales
ciertas virtudes secretas,
Concedo; pero también
el hombre muchas encierra,
y la virtud natural
de las cosas no se niega.
Los numeros, y los nombres
son vna cosa discreta,
ni sustancia, ni accidente;
luego para obrar sin fuerças.
En la musica las vozes
en tal numero consuenan,
mas no del numero nace
esta consonancia en ellas.
Y assi es forçoso afirmar
lo que muchos santos preuean

que es ilicita, pues obra
por el demonio esta ciencia.

Muchos

Victor, victor, victor, victor.
Otro. Concluyòle, no ay repuesta.
Pes. Que dize Enrico? *En.* Yo digo,
que tienen tanta agudeza
Los contrarios argumentos
que conuencido me dexan.
Pes. Segun esso, confessais,
que es Arte mala, y peruersa
La Magia? *En.* Assi lo confiesso.
Pes. Oid, ilustre nobleza,
estudiosa juventud,
desta celebrada Atenas.
Como ser la Magia mala,
su dogmatista confiessa
esto que veis ha ordenado
su Magestad, porque vea
Esta escuela la justicia
con que estas artes condena,
porque assi no avrâ ya alguno
que la estudie, ni defienda.
Lo qual en todos sus Reinos
prohibe con graues penas,
con esto su Magestad;
teniendo esperança cierta,
De que en pechos tan leales
avrà la deuida enmienda,
por mostrar el grande amor
que tiene a aquestas escuelas,
Todas las culpas passadas
del motin, y resistencia,
del rompimiento de carcel,
y el echar los presos della,
Perdona a los delinquentes,
y encarga, que en recompensa

desta merced, sus justicias
le respeten y obedezcan.
Die. Su Magestad, que Dios guarde,
y el cetro mil siglos tenga,
de vasallos haze esclauos,
con tan humana clemencia.
Gar. La hazienda, la sangre y vida,
le ofrezco yo en recompensa.
_Iu._ A vn Rey tan amable, y santo,
quien avrà que no obedezca?
_Za._ Bailo, danço, brinco, y salto.
_En._ Viua el Rey edad eterna,
que obedecerle protesto.
_Pe._ Obra es de sus manos esta.
Mar. Nunca menos prometio
su santidad, y prudencia.
_Cl._ Parabien, don Diego, os doy
de la libertad. _Mar._ Y delta
el si deste casamiento,
yo por albricias merezca.
Die. Ya yo os he dicho, Marques,
que lo impide mi pobreza,
y esto es amor que le tengo.
Mar. Si solo topa en la hazienda,
aquessa palabra tomo:
Ved essa carta, que en ella
vereis, que ya no podeis
negar lo que Clara intenta;
Marques de Ayamonte sois.
_Cl._ Por muchos años lo seas.
Die. A ti toca el parabien,
tu eres, mi bien, la que heredas,
pues siendo Marques, soy tuyo,
Si tu padre da licencia.
_Pe._ Yo soy en ello dichoso.
Vusia pues, le conceda
a Zamudio, que le dè

La mano a su Camarera,
que pues casable se ha hecho,
no es mucho que yo lo sea.
Lu. Yo soy tuya. *M.* Y porque es justo,
Que el noble auditorio sepa,
porque dizen, que engaño
el gran Marques de Villena
al demonio con su sombra,
Oid, la razon es esta:
Como el Marques estudiò
esta diabolica ciencia,
tuuo el infierno esperança
de su perdicion eterna.
Mas murio tan santamente,
que engaño al demonio, y essa
es la causa porque dizen,
que con la sombra le dexa.
Dizen, que entregò su cuerpo
a vna redoma pequeña,
porque en vn sepulcro breue
incluyò tanta grandeza,
Que quiso hazerse inmortal,
dizen, porque su nobleza,
su saber, y christiandad,
alcançaron fama eterna.
Y con esto demos fin
a la historia verdadera
del principio, y fin que tuuo
en Salamanca la cueua,
conforme a las tradiciones
mas comunes, y mas ciertas.